LETTRE DE M. VINCENT

A M. LE COMTE

DE SAINT-AULAIRE.

Je déclare qu'ayant rempli les formalités prescrites, je poursuivrai suivant la rigueur des lois tout débitant d'exemplaires du présent écrit qui ne seraient pas revêtus de ma signature.

DE L'IMPRIMERIE DE PILLET AÎNÉ.

LETTRE

DE M. VINCENT

À

M. LE Cᵀᵉ DE SAINT-AULAIRE.

Celui qui badine ne peut être coupable
ni désirer d'accuser personne.

A PARIS,

CHEZ PILLET AINÉ, IMPRIMEUR-LIBRAIRE,
RUE CHRISTINE, n° 5;

CHEZ PETIT, LIBRAIRE DE S. A. R. MONSIEUR,
PALAIS-ROYAL, GALERIE DE BOIS, N° 257;

ET CHEZ LES MARCHANDS DE NOUVEAUTÉS.

—

1820.

LETTRE DE M. VINCENT

A M. LE COMTE

DE SAINT-AULAIRE.

———

Monsieur le comte,

Je vivais tranquille au sein de ma famille
et à la tête de mon petit commerce, ne m'oc-
cupant plus de politique, oubliant les injustices et les persécutions dont je fus quelquefois victime, méprisant la dédaigneuse ingratitude des grands, et surtout gardant une
neutralité absolue dans les discussions politi-
ques qui occupent essentiellement les oisifs
avides de places, lorsque des amis sont venus
troubler ma retraite en me donnant connais-
sance des calomnies que vous vous êtes permis
de répandre contre moi dans le public, et des

qualifications peu flatteuses dont vous me gratifiez si libéralement.

Je ne peux vous dissimuler, monsieur le comte, qu'en réfléchissant attentivement à l'attaque dont vous me rendez l'objet, avec autant d'injustice que d'acharnement, dans votre *Réponse au Mémoire de M.* Berryer *pour M. le général Donnadieu*, je n'ai point vu sans surprise que vous laissiez douter si ce radotage et ces expressions inconvenantes, auxquels vous vous êtes laissé aller inconsidérément et sans en calculer les suites, sont l'effet d'une erreur qui vous est propre, ou de celle d'un ex-employé de M. le comte Decazes avec lequel vous eûtes et avez encore sans doute des relations. Vous êtes bien loin, monsieur le comte, de connaître comme moi ce personnage aussi fourbe que soupçonneux, dont les craintes sont pour lui des réalités, et qui va semant partout les défiances dont son imagination est remplie.

Si, comme tout le fait présumer, c'est d'après les données d'un tiers officieux que vous vous êtes cru en droit de m'injurier, vous connaîtrez plus tard le cas qu'il convenait de faire de ces *notes de complaisance ou de commande.* J'ai appris à connaître les moyens dont on se sert pour se les procurer ; et il me serait facile de prouver, au besoin, que l'individu qui vous a trompé en a agi souvent de même auprès de M. le comte Decazes. . . . Mais que m'importe au fait que ce soit à l'ex-ministre ou à ses employés que vous vous soyez adressé pour cet objet ; l'attaque n'en est pas moins directe et calomnieuse : je ne dois donc pas balancer à accepter courageusement le gage du combat que vous m'avez proposé avec autant d'éclat, et à entrer en lice avec cette assurance qui convient aux hommes dégagés de passions, mais assurés de la bonté et du succès de leur cause comme du triomphe de la vérité qui, en pareil cas, ne laisse rien à redouter de l'arbitraire, et doit nécessairement l'emporter sur des phrases que je n'ai pas l'art d'apprêter, et sur de grands mots qui ne prouvent rien.

J'avoue cependant qu'il m'eût été facile de choisir entre plus d'un héros d'éloquence et de plume qui, *j'en ignore les motifs*, sont venus généreusement s'offrir pour être mes seconds dans ce combat vraiment *singulier*. . . . J'ai dû les remercier de leurs offres obligeantes, les uns par le trop d'éclat de leurs *panaches*, les autres par la crainte d'être offusqué des trop *vives couleurs* qu'ils affectent d'arborer. Il me suffira de laisser à l'imprimeur le soin de corriger les fautes trop saillantes que pourrait enfanter mon style. Par ce moyen j'éviterai de faire une affaire de parti d'une simple affaire particulière, et laisserai au public, ou n'importe à quels auxiliaires, la liberté d'être spectateurs muets de notre lutte.

Voilà pourquoi, monsieur le comte, j'ai l'honneur de vous faire observer d'avance que ma lettre vous est toute directe; mais elle sera aussi modérée que vos injures ont été déplacées.

Ce n'est point d'une entière justification qu'il est ici question. Le coupable seul a besoin de se justifier. C'est par des faits que je détruirai vos assertions. *Ce sont des preuves qu'il faut* et non des paroles. Monsieur le comte, vous ne deviez pas oublier que j'ai été cinq ans l'employé de **M.** votre gendre; que je l'ai servi de tous mes moyens et avec un zèle à toute épreuve : ce devaient être là mes défenseurs; le souvenir de mon entier dévouement aurait dû vous parler en ma faveur; mais puisque l'ingratitude l'a mis dans l'oubli, qu'il n'en soit plus question; apprenez à me connaître; sachez qui je suis, quels sont mes malheurs; apprenez à qui je les dois, suivez-moi dans le récit que je vais vous en faire ; et lorsqu'il sera terminé, prononcez qui de vous ou de moi a eu tort, vous en m'attaquant sans motifs légitimes, ou moi en me bornant à repousser votre insulte ?....

Je vais commencer d'abord, monsieur le comte, par vous prouver que votre observation du premier alinéa de la page 11 de votre écrit ne peut ni ne doit m'être applicable, attendu que les nombreux rapports adressés par moi à M. le comte Decazes, à l'époque où il était ministre de la police générale, ne sont pas le fruit de l'imagination ; que ceux de ces rapports concernant les affaires de Lyon, n'étaient pas enfantés par l'envie de plaire et encore moins dans le dessein de nuire à personne; que ce n'est qu'en 1818, c'est-à-dire plus d'un an après ces événemens, *que je reçus l'ordre* de m'occuper des affaires de Lyon *qui avaient eu lieu en* 1817; qu'en premier lieu je m'en occupai de concert avec un officier de paix ; et que beaucoup d'autres employés du ministère, *que je connais,* avaient été chargés de ce soin avant moi ; que tous les ordres et les instructions nécessaires me furent remis par le ministère, que je dus y obéir et m'y conformer, parce que tel est le devoir d'un subordonné.

Monsieur le comte, je pourrais copier ici tous les ordres *par douzaines* que j'ai reçus. Il me suffira d'en transcrire quelques-uns. Encore n'en divulguerai-je que ce qui sera nécessaire pour démentir vos assertions, de manière que les actes du ministère restent inconnus.

Note.

« Châtelain, soldat ou sous-officier au 5e régiment » de la garde royale depuis décembre 1817.

» Il faisait précédemment partie de la 42e légion » (Loire-Inférieure), et il était à Lyon sergent. »

Voilà bien, monsieur le comte, qui commence à prouver que j'ai reçu des ordres pour découvrir le sieur Châtelain, et que je n'ai pas intrigué avec lui comme il vous plaît de le publier, puisque je ne le connaissais pas avant la réception de cet ordre ; lisez de plus les trois autres pièces que je copie ici, toutes trois venant du ministère, elles prouvent suffisamment que je n'ai rien entrepris sans avoir été dirigé par l'autorité.

« Châtelain a-t-il connu dans sa légion un officier de » la 42e, du nom de P.....?

» Cet officier était logé à Lyon chez une dame A...,
» place Groslier, n° ...

» On sait que le sieur P..... était très-lié avec un
» autre officier de cette légion, nommé D....; qu'il a
» habité la même maison. »

Note pour M. Vincent.

» Le fourrier Châtelain évite encore les explications :
» c'est évidemment un parti pris. Il répète pour la cin-
» quième fois qu'il a été mis en rapport avec l'avoué
» R....; mais que lui a dit cet avoué ? quelles personnes
» lui a-t-il fait connaître ? avec quels mécontens l'a-
» t-il abouché ? Des détails, des détails. . . . . . .
» . . . .

» Châtelain finirait par atténuer, pour obscurcir tout
» ce qu'il a déjà dit, si on ne le ramène pas constam-
» ment aux faits sur lesquels il doit s'expliquer ; il y a
» toujours chez lui de la réserve, des réticences : IL
» FAUT LUI DIRE SÉVÈREMENT qu'on s'en aperçoit, et
» lui faire sentir qu'il est de son intérêt de dire toute
» la vérité. . . . .
» . . . . »

Note pour M. Vincent.

« G...., dont Vincent s'est occupé à l'occasion du
» ferblantier B...., est entré vers la fin de 1816 dans
» le 5ᵉ régiment de la garde royale où sert le fourrier
» Châtelain. . . . .
» . . . .

» Quoique perdu dans la foule, ledit G.... doit s'être
» fait remarquer par son caractère et son esprit d'intri-

» gue. Il est très-probable que Châtelain en aura en-
» tendu parler. N'obtiendrait-on de ce fourier que des
» notions positives sur l'existence actuelle de G...., il
» serait très-important de les avoir.

» Le voyage récent de M. Vincent à Lyon peut four-
» nir tous les prétextes dont on peut avoir besoin pour
» aborder la question. Mais il faut bien se garder de
» témoigner à Châtelain l'intérêt que l'on attache à G....
» Paris, 2 octobre, 1818. »

Eh bien! monsieur le comte, persistez-vous encore à croire que j'ai intrigué avec le sieur Châtelain? car d'après les preuves que je vous soumets il n'y a plus de doute que c'est le ministère qui me le fit connaître à l'effet de me procurer tous les renseignemens sur la part plus ou moins active qu'il avait eue dans les affaires de Lyon..... Mais si ce fut sur le succès de mes démarches que M. Berryer trouva matière à s'égayer, expliquez-moi comment vous venez par contre-coup vous joindre en ce point avec les adversaires de M. le comte Decazes pour me calomnier sur un acte méritoire? grand Dieu, quelle contradiction...! Comment persuaderez-vous que le titre de beau-père de M. Decazes vous donne le droit de m'accuser d'avoir commis des fautes, là au contraire où M. votre gendre n'a vu et ap-précié qu'une conduite sage et un zèle qu'il a cru juste de récompenser? Je laisse là les nombreuses objections qui se présentent en foule, j'évite les commentaires pour m'en tenir à des preuves parlantes. Pour le reste, j'en appelle au tribunal de l'opinion publique.

Plus bas du même paragraphe de la page 11, vous mettez au rang des probabilités « que » dans les divers rapports que les agens faisaient au ministre, un grand nombre de » mensonges étaient souvent mêlés à quelques » vérités. »

Je ne crains point, monsieur le comte, de démentir hautement ce fait pour ce qui regarde mon travail, et de jurer sur l'honneur que jamais pareil reproche ne me fut adressé par S. Exc. ni en son nom; car mieux que vous, je pense, elle devait connaître ma manière d'opérer, puisque tous mes rapports lui parvenaient directement d'après l'ordre exprès que je transcris ici :

Paris, 14 juin 1817.

« On vous fait remettre la lettre à M. le comte de » M.....; il serait inconvenant qu'elle partît sous le » timbre du ministre, comme le demande M. P....; » cela donnerait lieu à des explications sérieuses.

» M. R.... vous prie d'adresser directement au mi-

» nistre les notes que quelquefois vous lui remettez.
» LE MINISTRE DOIT ET VEUT TOUT VOIR. . . . . .
» . . . . »

Que répondrez-vous, monsieur le comte, à des argumens qui laissent si peu de réplique ? Telle est cependant la justice que l'on me rendait et la confiance que l'on accordait à mon travail, qu'il me valait souvent des gratifications *sans les avoir sollicitées*, et plus souvent encore des félicitations, comme il vous sera facile de vous en assurer, soit auprès des employés, soit à la comptabilité du ministère, où les mandats tous signés du ministre restent déposés : vous vous y convaincrez que je fus souvent honoré de marques d'attention de sa part, et que l'année de 1818 me valut presque autant du côté des gratifications que par mon traitement !!!... Mon travail était donc autre chose que *beaucoup de mensonges mêlés à quelques vérités.*

Monsieur le comte, vous dites ensuite, page 12, premier paragraphe de votre écrit :
« J'ignore jusqu'à quel point ces observations
» sont applicables au sieur Vincent ; je crois
» qu'il a livré à M. Berryer les lettres qu'il
» avait reçues du sieur Châtelain. »

Vous vous êtes étrangement trompé, monsieur le comte ; je vais le prouver en développant mieux le fait et en faisant suivre les pièces toutes à l'appui. Car si je les avais livrées, comme vous le supposez, certes je ne pourrais les produire.

Le sieur Châtelain, sans doute fatigué d'attendre depuis près d'un an les diverses promesses qu'il disait lui avoir été faites, soit par un maréchal de France, soit par un ex-lieutenant de police, m'accablait de lettres où il me priait de lui procurer une entrevue avec ces messieurs, et demandait qu'ils eussent à effectuer leurs promesses à son égard ; bien souvent ses lettres renfermaient des menaces contre ces messieurs, dont il se plaignait d'avoir été abandonné après, disait-il, leur avoir rendu service.

Qu'avais-je à faire à tout cela, moi, sinon d'en rendre compte à mes chefs, et de ne pas avoir à redouter pour mon compte les menaces qui ne m'étaient nullement adressées.....? Plus tard, le sieur Châtelain ayant perdu tout espoir, et devinant sans doute par le silence que j'avais gardé sur la plupart de ses lettres que je ne voulais point me mêler de toutes ses affaires, m'écrivit la lettre suivante :

« Monsieur Vincent, je vous remercie des bontés que
» vous avez eués pour moi ; daignez me continuer votre

» amitié, et soyez sûr que *ma vie ne pourra jamais acquitter*
» *ma dette envers vous!* Je vous réitère ma prière , et vous
» recommande *de me faire passer mes pièces* le plus tôt
» possible ; protégez-moi pour me tirer de ma malheu-
» reuse position.

» Votre dévoué serviteur,
» *Signé* CHATELAIN. »

Enfin , monsieur le comte , ce fut sur cette invitation , qui n'était pas la première que je recevais du sieur Châtelain , que je lui renvoyai ses lettres , quelques minutes des déclarations faites par lui au ministère , et huit pièces sur quatorze qu'il m'avait remises concernant les événemens de Lyon , et dont *j'ai son reçu :* je lui fis en même tems la demande du petit nombre de lettres que je lui avais écrites ; *il en garda une* qu'il a ensuite livrée ou vendue avec tous les ordres et les permissions mili- taires qu'il avait obtenus pour rester à Paris à l'époque des débats du procès en calomnie.

Toutes ces pièces , imprimées ensuite par M. Berryer, m'ont valu une attaque de celui- ci ; et vous, monsieur le comte , bien loin de me plaindre comme première victime de l'abus de confiance dudit Châtelain, vous avez la géné- rosité de me regarder comme son complice , tandis qu'il vous était plus facile de présumer que celui qui avait dit *blanc* à Lyon , et ensuite *rouge* à **Paris**, pouvait avoir changé une troisième fois de *couleur* et d'optique. Il était plus naturel de croire qu'ayant remis les ordres militaires qui lui étaient directs, il avait pu également remettre les lettres que je lui avais rendues comme étant sa propriété, et par ce moyen s'éviter de faire une déclaration qui aurait pu récuser ses notes et les renseignemens qu'il avait donnés dans le tems au ministère sur les affaires de Lyon : voilà certes qui est plus probable que vos calomnies.

Que puis-je ajouter à tous ces faits, sinon qu'il est étonnant que vous prétendiez me rendre responsable de la propriété d'un autre ? Châtelain peut fort bien avoir remis ses lettres, mais non pas celles que *je possède encore avec de nombreux écrits de lui.* Comment serait-il possible que j'eusse livré ce qui se trouve *encore en ma possession ?*

Si vous doutez de ce que j'avance, monsieur le comte, il vous sera très-facile de vous assurer de la vérité, en venant *lire vous-même, pendant deux journées entières, toutes les pièces que j'ai encore en ma possession sur le sieur Châtelain :* alors peut-être me féliciterez-vous de la louable retenue que j'ai de ne les point livrer à l'impression, attendu que votre offense me dispensait de tout ménagement à cet égard.

Puisque vous avez pu supposer que j'avais voulu nuire à la réputation de M. le duc Decazes, deviez-vous croire que si telle eût été ma pensée j'eusse donné la préférence à trois ou quatre misérables lettres d'un sergent ?...

Daignez lire attentivement, monsieur le comte, la copie de lalettre que j'écrivis au sieur Châtelain le 17 septembre dernier (au moment de l'apparition du Mémoire de M. le général Donnadieu) pour faire au sieur Châtelain les reproches que méritait sa conduite à mon égard.

Paris, 17 septembre 1820.

« Monsieur,

» Un homme qui ne vous a fait que du bien, auquel
» vous avez souvent donné le titre de père et de bien-
» faiteur, qui vous renvoya toutes vos lettres sur votre
» invitation, dans l'entière persuasion que vous lui ren-
» verriez aussi les siennes, et dontvous en gardâtes une
» pour livrer ou vendre ensuite avec les ordres et les
» permissions militaires que vous aviez obtenues pour
» rester à Paris en 1818 ; cet homme ose vous demander
» si c'est là la conduite d'un brave militaire envers
» celui qui s'était fait un plaisir de vous obliger tant de
» fois par tous les moyens qui étaient en son pouvoir,
» ce que vous aviez vous-même avoué dans toutes vos

» lettres par les témoignages de la plus parfaite recon-
» naissance.

» Il est à souhaiter pour votre tranquillité que votre
» conduite passée puisse vous servir d'exemple pour
» l'avenir, et que vous jouissiez du repos des heureux :
» c'est ainsi que se venge celui que vous avez outragé
» sans nul motif, et auquel vous aurez à vous reprocher
» sans cesse d'avoir rendu le mal pour le bien qu'il
» vous avait fait, même sans vous connaître, etc., etc. »

Comme il vous est facile de le voir, monsieur le comte, je tiens parole en répondant
par des pièces à vos allégations. En relisant
avec plus d'attention les deux pages de votre
écrit qui me concernent, je crois réellement
que tout autre à ma place serait forcé de con-
venir que vous perdiez la tête comme la mémoire, en osant publier « que j'avais fait di-
» verses tentatives pour arriver jusqu'à vous,
» et que vous n'aviez pas consenti à me rece-
» voir. »

Voici cependant un billet que j'eus l'honneur
de recevoir de vous, et qui prouve le contraire.
Lisez bien.

« M. de Saint-Aulaire reçoit au moment de son dé-
» part pour la campagne la lettre que M. Vincent lui
» a écrite le 17 du courant. Il ne sera de retour que sous

» quinzaine. *A cette époque il le recevra volontiers.* Il lui
» offre en attendant ses très-humbles civilités.
» Samedi 18 mars 1820. »

Ainsi donc, non - seulement mes preuves parlantes démentent vos calomnies ; mais vos écrits, monsieur le comte, viennent aussi fortifier ces preuves. C'est de votre part beaucoup de générosité ; et j'avoue ici que je ne me serais pas attendu à la faire valoir un jour. Ceci me conduit à assurer, à mon tour, *que ce fut moi qui, malgré votre invitation, ne me rendis pas chez vous*, non pas, je le déclare ici, dans le dessein de manquer à l'honneur que vous m'aviez accordé, mais bien plutôt parce qu'à votre retour de la campagne je n'avais plus besoin de vous voir, attendu que j'avais déjà remis entre les mains d'une personne de votre famille, arrivée de la veille à Paris, les renseignemens que j'avais eu l'intention de faire parvenir en premier lieu, par vous, à M. le duc Decazes.

Voilà l'exacte vérité, monsieur ; et c'est pour avoir continué, dans les intérêts de M. le comte Decazes, (même lorsque je n'étais plus en fonctions) de lui donner des détails qui intéressaient son honneur, que vous tron-

quez la vérité en cherchant à en faire un sujet d'accusation contre moi , lorsque , comme
cela était plus naturel , vous auriez dû y trouver l'occasion de me remercier.... S'il est
vrai, comme je me plais à le croire , que
M. le duc Decazes ne soit pour rien dans les
injures que vous avez publiées contre moi,
n'est-ce pas à vous particulièrement qu'il aura
lieu de s'en prendre de m'avoir forcé à vous
répondre ainsi, et de vous reprocher le scan-
dale que vous aurez occasioné, si j'ai encore
à faire gémir la presse pour mettre dans le
plus grand jour et mon innocence et tout l'o-
dieux de votre outrageante accusation? Est-ce
bien à vous, monsieur le comte, qui, en votre
qualité de député , êtes placé au rang des
hommes d'Etat, qu'il convenait d'injurier un
homme qui ne vous fit jamais de mal , et qui
ne voulait avoir d'autres occupations, en faisant son état de confiseur , que de distribuer
des douceurs au public , au lieu d'écrits qui
ne seront pas du goût de tout le monde,
où quelques-uns trouveront *de l'amertume ,*
et où d'autres enfin ne verront pas matière à
rire.

Il est donc vrai que le hasard fait naître
tous les jours les événemens les plus extraor-

dinaires : ce qui arrive ici en est une preuve bien convaincante ; et il a fallu votre attaque, monsieur le comte, pour me décider à rendre publiques des pièces et des observations que, vingt - quatre heures auparavant, tous les trésors du Pérou, ou les tortures les plus épouvantables n'auraient pu parvenir à m'a- racher... Que dire à cela, sinon que la nature, en élevant une limite pour la prudence et pour l'honneur, n'a pas permis de franchir l'une au préjudice de l'autre ?

Même page 12 de votre écrit, monsieur le comte, vous faites plus que d'élever des doutes sur ma réputation, vous criez bien haut *que M. le duc Decazes ne m'a jamais vu ni connu.* Ceci, monsieur, est trop fort : comment, je serai resté cinq ans attaché au ministère, plus *de quatre mille rapports* auront été adressés *par ordre* au ministre, j'aurai reçu et mes salaires et des récompenses sur des mandats qui ne sont signés que par le minis- tre, et je ne serai pas connu de lui! cela doit paraître invraisemblable aux plus simples à qui vous avez voulu le faire croire.

Oui, monsieur le comte, j'ai eu l'honneur de voir M. le duc Decazes, et j'en suis très- bien connu. Je le prouve d'abord *par tous mes nombreux registres des rapports à lui directement adressés, et, je le répète encore, d'après ses ordres.* Si ses preuves ne vous convainquent pas, je consens à vous laisser lire, *à vous seulement, tous les ordres et les instructions reçus du ministère, soit pour mes opérations à Paris, soit dans mes missions au dehors;* et certes, si toutes ces pièces authentiques ne suffisent pas alors pour vous prouver le contraire de ce que vous vous êtes permis de publier, quoi qu'elles n'aient pu m'être remises que sur la confiance que j'inspirais et que je méritais, et d'après l'adhésion de Son Excellence, attendu que les fonds nécessaires qui suivaient ne pouvaient s'obtenir que sur la signature expresse du ministre, alors, dis-je, je n'ai plus qu'à vous inviter à lire les pièces que je transcris ici; elles peuvent être publiées sans indiscrétion, mais non sans démentir ce que vous avez avancé contre moi. Ces pièces émanent la plupart du cabinet de M. le comte Decazes; elles sont revêtues du cachet et de la griffe du ministère et expédiées à mon domicile, soit par ordonnances, soit par les courriers à plaques du ministère, lesquels en exigeaient un reçu.

MINISTÈRE DE LA POLICE GÉNÉRALE.

Cabinet particulier.

« M. Vincent est autorisé à se présenter, à la récep-
» tion du présent, *devant S. Exc. Mgr le ministre de*
» *la police générale*, qui recevra avec plaisir les commu-
» nications qu'il a à lui faire. »

AUTRE.

« Le ministre de la police générale invite M. Vin-
» cent à passer au ministère de la police générale de-
» main matin entre dix et onze heures. »

AUTRE.

MINISTÈRE DE LA POLICE GÉNÉRALE.

Cabinet particulier.

Paris, 9 novembre 1820.

« M. Vincent est invité à passer de suite au minis-
» tère. »

AUTRE.

Cabinet particulier.

« M. Vincent est prié de passer demain à l'heure de
» midi au ministère, pour affaire qui lui sera commu-
» niquée.
» Ce 25 mars 1817. »

Donnez-vous encore un peu de patience,

monsieur le comte, et vous jugerez, d'après d'autres pièces, si j'étais connu de Son Excellence.

AUTRE.

MINISTÈRE DE LA POLICE GÉNÉRALE.

Cabinet particulier.

Paris, le 13 juin 1818.

« M. Vincent *est prié* de passer au cabinet de Son
» Excellence. »

Voilà, monsieur le comte, beaucoup plus de preuves qu'il n'en faut pour repousser vos calomnies ; mais je n'ai pas encore tout cité, je vous en fournirai d'autres plus tard, par exemple, le renvoi que Son Excellence me faisait quelquefois de mes rapports revêtus de ses appostilles..... Quand je vous disais que j'en était connu ; mais lisez attentivement.

« On renvoie à M. Vincent le rapport ci-joint, pour
» lui faire connaître l'intention de S. Exc. ; il tentera
» d'y satisfaire au moyen de M. F...., et sans s'adresser
» à d'autres ; c'est l'avis aussi de M. R....
» 3 mai 1818. »

P ris, ce 24 avril 1817.

M. Vincent, en marge de votre rapport du 23 avril,

» à midi , est écrite cette note de direction : *Qu'il le*
» *voie, et je m'empresse de vous en faire part.* »

« Monsieur, S. Exc. a reçu le pamphlet ; elle désire
» savoir . . . .
» . . . .
» Paris , 25 novembre 1816. »

En est-ce assez pour prouver que j'étais
connu de S. Exc., ou bien faudra-t-il imprimer
des milliers de pièces ? Pourquoi aussi avoir
voulu douter, et publier le contraire de ce
que tout Paris savait : *que j'étais attaché au
ministère de la police ?* je l'avais moi-même
proclamé , désirant, par là, donner la preuve
de mes intentions tolérantes et pacifiques.
Or donc , si, comme je viens de le démontrer
suffisamment, j'étais connu et souvent récompensé de M. le ministre Decazes , ne craignez-
vous pas , monsieur le comte , par votre
attaque et vos injures inconvenantes, d'avoir
manqué , vous le premier , aux égards que
vous deviez avoir pour un ministre , votre
allié , en trouvant mauvais ce que lui-même
avait souvent approuvé et récompensé ?
Monsieur le comte , dans quelle contradiction n'êtes-vous pas également tombé, quand
dans vingt lignes de votre écrit vous me dé-
signez tantôt comme un homme nul , tantôt

comme ayant la possibilité et les moyens d'accuser un ex-ministre! pourquoi cette crainte? Votre imprudence est grave; et c'est avec regret que j'en profite.... Je ne suis jamais sorti de ma sphère; j'ai fidèlement rempli mes devoirs; je n'ai rien entrepris que par ordre, je n'ai rien à redouter des suites; j'ai même, contre l'ordre des choses existant depuis des siècles, donné l'exemple en cherchant à faire aimer et respecter, et non à faire craindre, excepté aux pervers, une administration souvent rigoureuse et parfois tracassière.

Je le demande hautement ici, quelle est la veuve ou l'orphelin qui peuvent m'accuser de leur avoir fait verser une seule larme? loin de chercher les occasions de provoquer les emprisonnemens ou l'exil, comme tant d'autres ont fait, je ne m'appliquais qu'à atténuer, autant que je le pouvais dans mes modestes attributions, les accusations malheureusement trop fréquentes chez une nation éclairée, et fort souvent dirigées par les passions haineuses, contre des hommes égarés, mais non dépravés ; et le jour où je pouvais me féliciter de leur avoir évité une condamnation était un jour de délices pour moi, puisqu'en conservant un sujet de plus au Roi et à la patrie, j'éloignais les besoins, le déshonneur et le désespoir de ces malheureuses familles, qui plus tard en auraient accusé l'autorité, et auraient conservé contre elle de ces sortes de haines difficiles à détruire....

Prononcez franchement, monsieur le comte : qui de moi ou de ceux que vous avez voulu désigner dans votre écrit, ont le mieux et avec le plus de loyauté et de dévouement rempli leur mandat ?...

Toutes ces vérités sont tellement irréfragables que je ne redoute pas d'en appeler à tous ceux qui me connaissent et à tous les employés indistinctement du ministère de la police générale ; et si parmi ces derniers il s'en trouvait d'assez faibles pour faire mystère de la vérité, dans la crainte sans doute de perdre leurs emplois, *mes registres et d'autres preuves sont là pour l'attester !*....

Étranger à toute espèce d'intrigues, j'ai opéré dans des momens difficiles : je m'attachais essentiellement à éteindre les haines, à étouffer l'esprit de vengeance, à rallier les Français au Roi et à la Charte constitutionnelle : j'ignore donc, d'après des principes aussi constamment professés, qui peut exciter l'animosité de mes adversaires et surtout la vôtre, monsieur le comte. Je ne déviai jamais dans mes résolutions ; je ne poussai jamais la complaisance ni l'adulation jusqu'à voir les choses par les yeux des autres, mais bien comme elles étaient.... Je n'ai point cherché à trouver des conspirateurs là où il n'existait pas de conspirations ; si quelquefois, par le manque de travail, j'ai vu des inquiétudes parmi le peuple, je me suis bien gardé de rapporter qu'il y avait sédition. Enfin, c'est pour être dévoué au Roi que j'ai constamment travaillé dans ses intérêts.

Voilà, monsieur le comte, comme je me contente de répondre à vos calomnies, et cela sans donner lieu aux auxiliaires qui peuvent être aux aguets de notre petite querelle d'en tirer le plus léger avantage ; ce n'est pas du moins mon intention : ainsi donc, vous voyez que je n'ai pas encore *viré de bord*, comme vous le donnez assez à entendre. Il faut que vous ayez été étrangement trompé sur mon compte pour vouloir autant de mal à celui qui, sans crainte d'être taxé d'ostentation, pourrait se flatter d'avoir rendu quelques services à vos proches, qui, j'aime à me le persuader encore, sont étrangers à votre virulente attaque.

Monsieur le comte, en publiant des faits qui vous sont totalement étrangers, vous pouviez bien vous attendre que, par devoir, je publierais à mon tour tout ce qui en démontre l'absurdité : vous n'avez sans doute pas réfléchi que si j'usais de tous les moyens qui sont en ma possession cette publicité ne serait pas du goût de tout le monde ; car je puis vous assurer que mes rapports reposaient sur des faits positifs, étaient appuyés de noms très - connus et de témoignages qui, tout en prouvant à Son Exc. la régularité de mon travail, font voir qu'elle ne me plaçait pas, comme vous avez voulu le donner à entendre, au rang des employés subalternes. J'ai eu souvent des agens secondaires sous mes ordres ; on me donna en 1819 un secrétaire d'ordre, aux appointemens de 2,400 francs sur la caisse du ministère ; mon traitement annuel, y compris les gratifications, s'élevait très-souvent à 7,000 fr. ; et quoique je reçusse des ordres et instructions de plusieurs chefs de division, je n'en travaillais pas moins directement avec le ministre : étais-je donc un employé si subalterne ?... Mais je devine votre intention, monsieur le comte ; et je m'aperçois qu'en publiant ces méprises grossières, en jetant du ridicule sur mes opérations , et en rabaissant l'importance de mon emploi, vous avez cru que vous détruiriez par là la confiance que le public doit accorder à ma défense. Mais si c'est avec les lubies et les radotages de quelques flatteurs que vous avez cru pouvoir attaquer ma réputation, pourquoi ne me serait-il pas permis de me défendre, lorsqu'au lieu de le faire, comme vous m'en donnez l'exemple, par des propos injurieux, je ne l'entreprends qu'avec des saillies plutôt aimables qu'offensantes ?... Votre excès de zèle est blâmable, tandis que l'honneur me dit que j'ai fait mon devoir : le reste vous est étranger.

Monsieur le comte, j'eus toujours pour règle immuable de ma conduite, d'étudier les faits avant que d'accuser ; aussi, quand il le faut, il m'est toujours facile de me défendre, sans avoir à redouter même un coup d'autorité. Je vais tracer ici ma profession de foi : qui sait si elle ne deviendra pas un jour *un arrêt de mort!* dans ce cas, je souhaite, du moins, de le rendre de quelque utilité à mes semblables.

Né avec quelque force dans le caractère, la passion des armes et l'amour de la gloire guidèrent mes premiers pas dans la carrière militaire; j'ai dû aux bons exemples dont d'honnêtes parens environnèrent ma jeunesse, de la diriger tout entière sur les principes d'une austère morale : l'intérêt général, le sacrifice des passions, des goûts, enfin de tout ce qui est étranger à ce principe sacré, voilà ce qui m'a été prescrit et que j'ai pris pour mobile de mes actions, comme la base de la société est la règle invariable de quiconque veut exister au milieu d'elle.

Je fais peu de cas de la fortune, parce que j'ai appris de bonne heure à être heureux sans elle, et que j'abhorre les moyens qu'on met souvent en usage pour la fixer. Avec le témoignage de ma conscience je puis me passer de tout autre appui : j'aime la liberté ; j'ai juré, de gaîté de cœur, d'être dévoué à la Charte, parce que je regarde l'un et l'autre de ces biens comme la source du bonheur sur la terre, que je m'y rallie avec toute la constance et la fermeté d'un homme réfléchi qui en a calculé tous les avantages et en sait braver tous les dangers.

J'ai passé dix années de ma vie aux armées ; les blessures honorables que j'ai reçues au champ d'honneur attestent mes services, comme quarante-huit années d'une vie laborieuse prouvent mon amour pour le travail.

J'ai vu de près la révolution : fort jeune alors, je ne participai point à ses excès; je fus même persécuté, et je ne me rappelle que ses épines, sans avoir touché à la rose; bien loin de m'y être enrichi, soit par des emplois, soit par des acquisitions, elle a englouti la seule propriété qui me revenait de ma famille.

Mon père mourut victime de son attachement pour Louis XVI, de qui il avait reçu des témoignages de bonté; deux de mes frères tombèrent tour à tour sous le fer meurtrier des réactions.

Voilà la série de malheurs qui, en 1815, m'obligea de m'expatrier, après avoir tout à coup perdu mon petit commerce, et en arrivant à Paris d'avoir accepté de l'emploi du ministère. Si à cette époque les besoins de ma famille m'en firent un devoir rigoureux, l'espoir aussi de rendre quelques services aux malheureux, comme de pouvoir bientôt reprendre le commerce, m'y déterminèrent irrévocablement.

Ce ne fut qu'avec le produit de mes sévères économies que, sur la fin de 1819, je pus traiter de mon nouvel établissement : si l'on peut croire qu'un vil intérêt a sur moi quelque empire, qu'on examine scrupuleusement l'emploi que j'ai fait des sommes que j'ai reçues du ministère pendant cinq années de mon activité ; qu'on les compare avec les parcelles qui m'en restent ; et si l'on trouve que je possède peu, très-peu, que l'on demande compte du reste aux pauvres.

Tel est l'homme, monsieur le comte, que vous avez aussi inhumainement qu'injustement calomnié : il ne désire nullement s'en venger ; mais convenez qu'il était de son devoir de vous répondre et de le faire par des pièces qui, mieux que des raisonnemens, mettront le public à même de juger de la vérité ; et c'est pour mieux y parvenir, que je transcris ici une autre pièce qui prouve que j'ai pu m'honorer quelquefois d'avoir été du petit nombre des personnes attachées au ministère, que M. le comte Decazes ne dédaigna pas de commissionner au commencement de son entrée au ministère.

MINISTÈRE DE LA POLICE GÉNÉRALE.

« Les officiers de paix et les employés de la haute
» police secrète du ministère de la police générale du
» royaume , reconnaîtront le sieur Jean – Baptiste
» Vincent, ex-capitaine d'infanterie , âgé de quarante-
» trois ans, demeurant rue Neuve – Saint – Eustache ,
» n° 22 , comme employé attaché au ministère.
» Paris, le 2 janvier 1816. »

Signature de
l'employé.
Signé VINCENT.

(Ici le cachet
du
ministère.)

*Le ministre secrétaire d'état
au département de la police
générale du royaume ,*
Signé DECAZES.

Qui de nous deux, monsieur le comte, pas-
sera pour avoir dit la vérité, vous en m'accu-
sant sans raison , ou moi en répondant sage-
ment et sans fiel à toutes les odieuses épithètes
de votre écrit ?

Une observation qui , dans le tems, me
parut assez embarrassante, se présente de
nouveau à ma mémoire ; et je vous la soumets ,
monsieur le comte , pour que vous en puissiez
tirer toutes les conjectures qui vous paraîtront
être de nature à vous faire revenir , ainsi que
beaucoup d'autres, de vos préventions défa-
vorables contre moi : tout Paris a connu cette
singulière affaire , chacun l'a commentée à sa

manière ; moi seul je fus victime , et je gardai le silence.

Dans les premiers jours du mois de mars dernier , un honorable pair de France me fit l'honneur de s'adresser à moi *de préférence* pour obtenir divers renseignemens sur le ministère de M. le comte Decazes. J'avoue ici , avec ma franchise ordinaire , que ses questions me parurent d'autant plus surprenantes que , jusqu'alors , j'avais plus d'un motif puissant de soupçonner que ce dignitaire était l'ami de monsieur votre gendre ; et je satisfis avec d'autant plus de plaisir à ses demandes , que je pouvais , au besoin , prouver la vérité par des pièces et des faits avérés; mais je dus garder un silence absolu sur tout ce qui pouvait me paraître équivoque. Quelle fut ma nouvelle surprise lorsque quelque tems après j'appris , par la voie publique , que celui qu'à ses questions j'avais jugé être l'ennemi de M. le duc Decazes , était devenu tout à coup son défenseur! Oh! alors , me dis-je , je jure de bonne foi de m'en tenir à l'avenir exclusivement à mon état , et de laisser la politique à ceux dont les vastes concessions savent souvent la diriger à leur gré.

Cependant , monsieur le comte , je puis ,

dans cette circonstance, rapporter cette anec-
dote comme un témoignage public qui dé-
ment votre opinion à mon égard ; car, si à
l'époque que je viens de citer, d'après le dire
et à la manière de voir de plusieurs personnes
notables, il leur avait paru probable que la
scène de mon emprisonnement avait été con-
certée dans la vue de faire cesser les nombreuses accusations qui pleuvaient alors sur M. le
comte Decazes ; comment se fait-il que je
vous trouve sur le même rang que ses adversaires pour m'accuser tantôt comme le Séide
de votre gendre et ensuite comme son ennemi ? Cette contradiction est à coup sûr aussi
frappante que bizarre. Si, pour ne point
laisser planer plus long-tems sur moi des
soupçons aussi injustes que désagréables à
la dignité d'un noble pair de France inculpé,
j'ai dû, et cela dans l'intérêt de la vérité, démentir de puériles absurdités, je le répète
encore publiquement ici : tous ces bruits furent faux et enfantés par la malveillance,
sans pour cela qu'il me soit encore possible
d'expliquer aujourd'hui quels furent les vrais
motifs qui me firent aussi injustement persé-
cuter et perdre l'emploi qui faisait exister ma
famille, emploi aussi honorablement mérité

par cinq années de zèle et d'un dévouement à toute épreuve, et pour lequel, à le dire sans vanité, on aura pu faire un plus mauvais choix. Ceci prouve bien que l'homme que la fatalité poursuit, se trouve parfois recherché jusque dans ses actions les plus méritoires.

C'est ici le cas, monsieur le comte, de vous demander à vous-même et à la France entière, à quel gouvernement et sous quelle dynastie je pouvais appeler de ces deux accusations aussi contradictoires qu'invraisemblables? Car, n'est-ce pas vous encore, qui après avoir publié que M. le comte Decazes, alors ministre, ne m'avait ni vu ni connu, osez affirmer ensuite, à la fin du premier paragraphe de la page 12, « que le ministre est » responsable de l'usage qu'il fait des rapports » qu'il reçoit de ces agens, mais qu'il ne peut » l'être, ni de ce que les rapports contien- » nent, ni de la conduite de ceux qui les lui » font, ni des déclarations qu'on obtiendrait » ensuite de ces hommes contre le ministre » lui-même ? »

N'est-il pas à craindre, monsieur le comte, que par l'importance que vous avez cru devoir attacher à votre observation vous n'ayez clairement démontré à la France entière que M. le comte Decazes pouvait avoir à redouter des déclarations sur ses opérations ?..... Car, chercher à vouloir prouver que le ministre n'est pas responsable du contenu des rapports qui lui sont adressés par ses agens, n'est pas une raison pour que ses agens soient rendus responsables ensuite des mesures auxquelles leurs rapports pourraient avoir donné lieu.

Je fais plus, je veux supposer, comme vous, que la plupart des rapport des agens renferment parfois quelques mensonges à côté des vérités ; mais alors le ministre et ses chefs de division ne manquent jamais de s'apercevoir de ces irrégularités. Ces agens infidèles sont punis alors, et renvoyés : dès lors votre attaque contre moi est injuste et calomnieuse , puisque je crois vous avoir suffisamment prouvé que mon travail était sage, vrai et régulier , et qu'à ces titres il m'avait mérité très-souvent des éloges et des récompenses.

C'est ici le cas de regretter de n'avoir pas à ma disposition un avocat pour les occurrences un peu difficiles ; il trouverait facilement , dans mes bucoliques, de quoi argumenter, sans avoir recours à la chicane , pour réfuter

les injures dont vous m'accablez bien injustement dans votre écrit.....; peut-être même cet
avocat aurait-il appelé toute l'attention de la
Chambre des députés pour la fixer sur l'importance de la loi indéfiniment ajournée sur
la responsabilité des ministres, et éviter
par cette sage précaution qu'un agent qui a
bien rempli ses devoirs, en exécutant les ordres de ses chefs, ne devînt, par la suite,
la victime d'une politique ambiguë et perni-
cieuse, qui par l'effet de la circonstance peut
perdre un innocent.

Mais au reste quel besoin aurais-je d'un
avocat, puisque après avoir pu sauver de
plus d'un danger mes réjouissantes bucoliques, qui prouveraient beaucoup mieux que
de vaines phrases, que je n'ai jamais opéré
que d'après des ordres, on cherche, à présent, vous surtout, monsieur le comte, à
élever des doutes sur leur identité et sur la
moralité de celui qui les possède? Où en se-
rais-je réduit, grand dieu, si je n'avais, pour
ma défense, qu'un nom de *vilain* à pouvoir
opposer à l'accusation d'un noble député,
beau-père d'un duc? Il n'en sera pas ainsi; et
puisque, semblable à l'âne de la fable, je ne
peux porter qu'un bât, il est juste que cha-

cun demeure personnellement responsable de sa conduite.

Ainsi donc, si c'est en comptant sur de pareils avantages que vous avez cru devoir engager cette lutte, j'en appelle au jugement de tout homme impartial pour prononcer s'il y aurait compensation dans les moyens qui peuvent vous être offerts pour m'attaquer, et le peu d'avantages que vous me laisseriez dans ma défense, aussi légitime que naturelle.

Qu'on me laisse en paix avec ma misère; que l'on ne me pousse pas au désespoir : je ne veux point me rappeler que, dans l'histoire des nations, l'homme le plus insignifiant fut quelquefois la cause des plus grands événemens ; je me renferme dans une simple défense. Il est peut être essentiel, avant d'en dire davantage, que je sache bien positivement si c'est à une impulsion qui vous est propre, ou à des instigations particulières, monsieur le comte, que je dois vos gentilles épithètes ; il est nécessaire, surtout, que je sache si M. le comte Decazes les a approuvées ou si elles ne sont pas l'ouvrage de quelque complaisant *boute-feu* qui aurait cherché, dans cette occasion, l'avantage de vous les rappeler plus tard pour se ménager votre protection , etc... C'est en portant de pareils coups dans l'ombre , et en se couvrant de votre égide , que ce complaisant collaborateur aura cru éviter le blâme ; mais pourquoi ne se montrerait-il pas pour son compte ? je peux tout aussi bien rompre bravement une lance avec lui : quoique depuis le 18 du mois de mars dernier il ne me soit plus permis de jouer *au fin* avec ses pareils , et que j'aie appris qu'ils ne combattent jamais à découvert ni à armes égales , plusieurs motifs me dispensent de les c raindre. Leurs ruses, leurs manœuvres et les grandes ressources qu'ils ont pour nuire , tout m'est connu ; il ne leur reste rien de mieux à faire que de ne point se mêler de ce qui ne les regarde pas , sinon qu'ils me fassent bonne et honorable guerre ; mais s'ils croient devoir vous faire participer à leurs *sacs verts* , ils peuvent s'attendre qu'une fois mon *sac blanc* dénoué, une biographie de noms et une série de faits vont s'écouler avec abondance. Si l'arbitraire , les injustices et les abus de pouvoir, me forcent à découvrir la vérité, alors c'est aux tribunaux que j'en appellerai , et je m'établirai sous la sauvegarde des lois.

Que ce soit comme *libéral* ou comme *ul-*

trà, les lois, je pense, me doivent la même protection et comme homme et comme citoyen ; car il serait vraiment plaisant que mes ennemis, après m'avoir poursuivi, il y a sept mois comme *libéral*, trouvassent convenable de m'honorer encore à présent de leurs flatteuses attentions en me persécutant comme ayant passé aux *ultràs ;* vraiment le cas serait curieux. Enfin, que je sois *ultrà* ou *citrà*, il doit y avoir une circonstance pour donner répit à mon repos, excepté pourtant que par une attention tout extraordinaire mes adversaires décidassent que je ne suis rien du tout ; mais alors, messieurs, je suis en droit de m'écrier bien fort, *laissez-moi donc tranquille !*

Monsieur le comte, j'étais au moment de fermer cette lettre lorsqu'il m'est tombé dans les mains une autre pièce qui doit vous prouver, tout aussi bien que celles que j'ai eu l'honneur de mettre sous vos yeux, *que j'étais très-bien connu de M. le comte ministre Decazes ;* daignez la lire avec attention :

MINISTÈRE DE LA POLICE GÉNÉRALE.

Cabinet particulier.

« Le ministre a accordé à M. Vincent la demande
» qu'il lui a faite. Je lui renvoie les pièces afin qu'il

» puisse en faire usage auprès de M. Littardy, tréso-
» rier du ministère.

    » J'ai l'honneur de le saluer,

                » *Signé* SÉJOURNÉ. »

Paris, 7 mai 1820.

  Voilà, monsieur le comte, comme m'écrivait l'oncle de Son Exc. et en son nom ; je ne crains point d'avouer ici que le service que j'avais sollicité, et auquel Son Exc. satisfit, consistait à me faire avancer deux mois de mes appointemens en laissant, toutefois, moitié chaque mois de ce qui me revenait de mon solde. Je ne lui ai donc point menti dans mes rapports, comme le suppose votre écrit; je suis donc connu de lui. Les égards et les attentions flatteuses que Son Exc. a eus plusieurs fois pour moi, les gratifications nombreuses qu'elle me faisait accorder, prouvent donc tout le contraire de votre accusation....

  Ne craignez-vous pas, monsieur le comte, par la responsabilité que vous voudriez faire peser sur les agens du ministère, et par le portrait aussi peu honorable que peu ressemblant que vous en faites, d'avoir ouvert les yeux à ceux qui, jusqu'à ce jour, avaient opéré avec confiance et sur des ordres verbaux, et de les avoir mis dans le cas d'exiger, à l'avenir, *des ordres* par écrit, à l'effet d'être garantis,

et d'éviter d'être accusés un jour d'avoir trop
bien fait leur devoir ? Si avant de faire un ta-
bleau aussi peu flatteur des employés du ministère, vous aviez bien réfléchi qu'à cette
table ronde on voyait souvent des habits
brodés, de grosses épaulettes, des hommes
de cour et de robe, souvent placés à côté de
simples artisans, et que chacun d'eux s'appli-
quait à rendre des services à l'Etat et au sou-
verain ; certes, monsieur le comte, vous auriez alors exercé, sur d'autres objets., votre
causticité ; car je ne trouve point de justice
dans votre conduite, peu de générosité et encore moins de philantropie, vertus qui doivent être sans cesse les guides des législateurs
d'un gouvernement représentatif!!!

Monsieur le comte, si, comme j'ai lieu de
le croire, j'ai suffisamment prouvé quelle fut
la régularité de ma conduite lorsque j'opé-
rais à Paris pour le ministère, il est juste aussi
que vous connaissiez, *et toujours sur des
preuves écrites*, celle que je tenais lorsque
Son Exc. daignait m'envoyer en mission au
dehors ; veuillez lire avec attention le certi-
ficat suivant :

« Nous soussignés, attestons en faveur de l'exacte vé-

» rité, que M. Vincent n'a en aucune manière provo-
« qué les déclarations et les grandes vérités que nous
» désirions depuis long-tems mettre sous les yeux de
» notre bon Roi par l'intermédiaire de ses fidèles mi-
» nistres, sur les actes arbitraires, abus de pouvoir,
» prévarications et provocations des autorités qui com-
» mandaient à Lyon à l'époque de 1817 ; que le tout
» a été déclaré de notre plein gré pour éclairer la reli-
» gion du gouvernement sur ses véritables ennemis... »

Signés CAFFE, cadet ; BERGER, GERVAIS, TAIS-
SON, CERIZIAT, DUMAS, PIGNON, VERNAY,
DUMONT, CHARBONET, Pierre CHARPIN, An-
toine CHARPIN, Antoine FAVIER, Pierre NAY,
RIGAUD, MILLIÉS, COLOMBAT, DEGRANGES,
François CHARVIN, GUILLOT frère, Jean
LUQUET, François FAVIER, VOLOZAN aîné,
ANDRÉ, MAUQUAT, BAUDRAUT, BERTHOLAY,
JACQUIT, BERTHEL, BASTIEUL neveu, Pierre
GUICHARD, JARICOT, PONCET, MARMET,
Jean-Baptiste CŒUR, BOUVIER, chevalier de
la Légion-d'Honneur ; BERNARD, négociant ;
ŒILLET fils, Henri MALLET, Benoît MON-
TALAND, BARRET, PERRACHON, Pierre FIL-
LION, COUDURIER, DESQUAIRS.

Lyon, le 20 septembre 1818.

Monsieur le comte, si, comme je le désire,
ma justification ne vous laisse plus de doutes

sur mon innocence et qu'elle ait pu vous con-
vaincre que vous avez été trompé sur mon
compte, je consens à briser ma lance, ayant
à cœur de vous prouver que j'aime la paix et
le repos ; si, contre mon intention , mon style
vous avait paru un peu âpre, vous devez l'ex-
cuser, non-seulement en faveur de la franchise d'un vieux militaire , mais aussi par la
mauvaise humeur que m'ont suggéré les deux
pages de votre brochure, où vous m'accusez
de manière à ne pouvoir garder le silence,
sans paraître coupable.

Car voici comment je peux établir l'analyse
de cette affaire : *vous m'accusez d'avoir remis
des pièces , et moi je vous offre, au contraire,
de prouver que j'ai encore tout en ma possession.* Ah! combien de personnes à ma place
n'auraient pas agi avec la même générosité que
je le fais ici et n'eussent pas gardé comme
moi le silence !

Non, je ne demande pas à rompre encore
le silence sur un aussi triste sujet , ayant besoin d'économiser sur le tems qui m'est tout
nécessaire pour travailler à soutenir honorablement ma famille et à lui prêcher sans cesse
de se bien garder de m'imiter, en croyant à

la parolé des faux amis ; de ne point trop
compter sur les promesses de quelques gens
en place, et de ne rien attendre sur-tout de
la reconnaissance des grands.

FIN.